roman rouge

Dominique et Compagnie

Sous la direction de
Agnès Huguet

Johanne Mercier

Arthur et le mystère de l'œuf

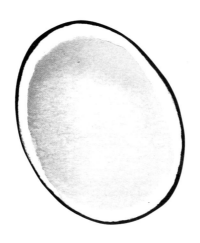

Illustrations
Christian Daigle

**Catalogage avant publication
de Bibliothèque et Archives Canada**

Mercier, Johanne
Arthur et le mystère de l'œuf
(Roman rouge ; 48)
Pour enfants de 6 ans et plus.

ISBN 978-2-89512-544-0
I. Daigle, Christian, 1968- .
II. Titre. III. Collection.

PS8576.E687A78 2007 jC843'.54 C2006-941108-5
PS9576.E687A78 2007

Dépôts légaux : 1er trimestre 2007
Bibliothèque et Archives nationales
du Québec
Bibliothèque nationale du Canada
Bibliothèque nationale de France

ISBN 978-2-89512-544-0
Imprimé au Canada

10 9 8 7 6 5 4 3 2 1

Direction de la collection
et direction artistique :
Agnès Huguet
Conception graphique :
Primeau & Barey
Révision-correction :
Corinne Kraschewski

Dominique et compagnie
300, rue Arran
Saint-Lambert (Québec)
J4R 1K5 Canada
Téléphone : 514 875-0327
Télécopieur : 450 672-5448
Courriel :
dominiqueetcie@editionsheritage.com
Site Internet :
www.dominiqueetcompagnie.com

Nous remercions le Conseil des Arts du
Canada de l'aide accordée à notre programme de publication. Nous reconnaissons l'aide financière du gouvernement du
Canada par l'entremise du Programme
d'aide au développement de l'industrie de
l'édition (PADIÉ) pour nos activités d'édition.

Nous reconnaissons l'aide financière du
gouvernement du Québec par l'entremise
du Programme de crédit d'impôt pour l'édition de livres – SODEC – et du Programme
d'aide aux entreprises du livre et de
l'édition spécialisée.

Pour Raymond Plante

Chapitre 1

C'est mon œuf !

Je m'appelle Arthur. J'ai sept ans et, l'autre jour, derrière la maison de mes grands-parents, j'ai trouvé un œuf. Un œuf tout blanc, comme ceux qui viennent des frigos. J'étais vraiment très content parce que ce n'est pas tous les jours qu'on trouve un œuf. Mais quand j'ai couru le montrer à ma famille, ils en ont fait toute une histoire.

— Arthur ! a aussitôt crié maman. Rapporte cet œuf dans son nid immédiatement ! Tu m'entends ?

– Mais il n'y avait même pas de nid, j'ai répondu.

– S'il y a un œuf, il y a un nid ! C'est la vie.

– Et tu l'as trouvé où, cet œuf ? m'a demandé grand-papa.

– Juste derrière ta maison.

Papa s'est approché pour examiner mon œuf et il a demandé à mon grand-père :

–Depuis quand il y a des poules dans le coin ?

–Il n'y a jamais eu une seule poule ici ! a dit grand-papa.

Ils se sont tous regardés. Leurs sourcils étaient levés comme quand ils sont vraiment très très surpris.

–Vous voyez bien que le petit vous fait une blague, a rigolé grand-maman. Cet œuf vient du frigo, n'est-ce pas, mon petit Arthur ?

– Non, j'ai répondu.

– Mon poussin, a dit doucement maman, où as-tu trouvé cet œuf ? C'est très important de savoir la vérité.

– Sur l'herbe. Il était encore tout chaud.

Alors c'est devenu silencieux dans la maison. Comme si je venais d'annoncer une affreuse nouvelle. J'étais tellement nerveux que j'ai failli casser mon œuf.

– Est-ce que tu penses à ce que je pense, ma chérie? a demandé papa.

– Ce serait trop beau…, a murmuré maman.

Ils sont tous sortis en courant. Ils voulaient que je leur montre l'endroit exact où j'avais trouvé l'œuf. C'était facile, c'était juste à côté de la vieille balançoire rouillée. Ils ont regardé partout, jusque de l'autre côté du lac qui est derrière la maison de mes grands-parents. Mais ils n'ont pas trouvé de poule.

Papa s'est approché de moi et il a chuchoté :

—Mon petit Arthur, reste bien calme et donne-moi vite cet œuf, d'accord ?

—Non ! je lui ai dit en reculant. C'est MON œuf !

Maman s'est penchée vers moi et elle m'a expliqué qu'il ne fallait surtout pas le casser, cet œuf, et que ce serait vraiment plus prudent de le confier à papa.

—Il est à moi, j'ai répété.

– Arthur, sois gentil…

– Non.

– Arthur !

– Allons, allons…, a dit grand-maman. Calmez-vous un peu, mes enfants. Ce n'est qu'un œuf après tout. Il n'y a vraiment pas de quoi en faire un plat !

Chapitre 2

Le cousin Eugène

Mon grand-père n'a pas perdu de temps. Il a fabriqué un incubateur pour mon œuf avec un aquarium vide. Il a placé une grosse ampoule pour la chaleur, un petit verre d'eau pour l'humidité et il a doucement déposé l'œuf au fond de l'aquarium. Maman, papa et grand-maman restaient tout près. Et, parfois, ils souriaient en regardant l'œuf.

— N'empêche qu'il faut l'avis d'un spécialiste ! a lancé papa. Ce n'est peut-être pas du tout ce que l'on croit.

—Je vais appeler ton cousin Eugène, a annoncé grand-papa.

—Qu'est-ce qu'il connaît aux œufs, mon cousin Eugène ?

Mon grand-père n'a pas répondu. Il était déjà en train de téléphoner au cousin Eugène pour l'inviter à venir chez lui le plus tôt possible. Le cousin est arrivé juste avant le souper.

—Eugène, ne perdons pas de temps,
a commencé papa. Si jamais les
nouvelles sont mauvaises, autant le
savoir tout de suite. Qu'est-ce que
c'est, d'après toi?

Eugène s'est approché de l'incubateur. Il a pris l'œuf dans sa main.
Il a fait semblant de l'échapper par
terre et mon père est devenu aussi
blanc que l'œuf.

–Mais fais donc attention ! a crié papa.

–Tu es bien nerveux, mon cher cousin…

–Alors ?

–Laisse-moi l'examiner…

–Tu t'y connais, hein, Eugène ?

–Mais bien sûr que je m'y connais, qu'est-ce que tu crois ?

Le cousin a tourné mon œuf dans sa main. Il l'a placé devant la lumière comme pour regarder à l'intérieur. Il l'a frotté avec son pouce et il a déclaré :

—Mon cher cousin, nous sommes ni plus ni moins en présence d'un zygote.

—Qu'est-ce que tu veux dire, Eugène ?

—C'est un œuf !

—Mais je sais bien que c'est un œuf, andouille ! Tout le monde sait que c'est un œuf ! Je veux savoir un œuf de quoi ! Un œuf de poule, un œuf d'émeu, un œuf de Pâques ?

—Tut tut tut, a fait le cousin… Laisse-moi étudier la membrane coquillière externe. Mmmh… Voyons voir… Oui oui oui… C'est bien ce que je pensais…

—Alors ?

– C'est un œuf de poule.

– Es-tu certain ? a demandé papa avec la voix qui tremblait.

– Sans aucun doute.

– Oh ! C'est trop beau ! C'est magnifique ! C'est merveilleux ! Il est fécondé au moins ?

– Mon cher cousin, quand on parle de zygote, c'est qu'il est fécondé.

J'étais vraiment content d'apprendre que mon œuf avait un poussin dans son ventre ! Papa s'est mis à hurler de joie, maman a sauté jusqu'au plafond et grand-papa a avalé son bonbon tout rond.

Le cousin Eugène est parti en disant à grand-maman que, de toute sa vie, il n'avait jamais vu des gens si heureux d'avoir un œuf de poule chez eux.

Chapitre 3

L'œuf ou la poule ?

Ce soir-là, on a dormi chez mes grands-parents. Mon père se levait toutes les heures pour vérifier dans l'incubateur si l'œuf allait bien. Le matin, ma grand-mère a refusé de faire cuire des œufs pour déjeuner. Par respect pour le petit, qu'elle disait. On a mangé des rôties à la confiture et c'est tout.

Papa a ensuite téléphoné à des tas de gens. Il disait qu'il avait une nouvelle incroyable à annoncer au

monde entier et qu'ils devraient apporter leurs micros et leurs caméras. Moi, je trouvais que ce n'était vraiment pas la peine de venir juste pour un œuf. Mais bon.

Vers midi, ils étaient très énervés dans la maison. Maman a peigné mes cheveux sur le côté et elle a mis un produit qui sentait bizarre pour les faire tenir.

—Il faut que tu sois beau, mon chéri, nous allons passer à la télévision tout à l'heure.

—Pour dire que j'ai trouvé un œuf ?

—Oui, mon lapin, mais arrête de bouger, tu vas te décoiffer.

J'ai demandé qu'on m'explique un peu.

—Mon petit Arthur, a commencé maman. D'après toi, qu'est-ce qui arrive en premier : l'œuf ou la poule ?

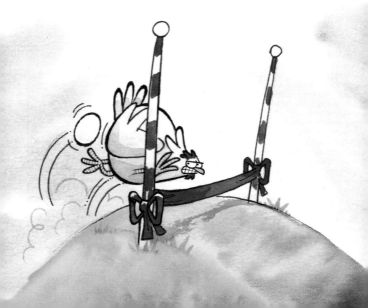

– L'œuf, c'est sûr.

– Et qui l'a pondu, ton œuf?

– Une poule.

– Et elle vient d'où, la première poule? a encore demandé maman.

– D'un œuf?

– Ben voilà! Personne n'a jamais pu dire si c'est la poule qui vient de l'œuf ou l'œuf qui vient de la poule, tu comprends? Mais maintenant

que tu as trouvé un œuf de poule et qu'il n'y a aucune poule autour, tout s'éclaire !

J'aurais voulu lui avouer que je ne comprenais pas très bien, mais les gens de la télé sont arrivés et nous sommes allés les rejoindre.

Dans le salon, il y avait beaucoup de personnes qui se bousculaient avec des caméras et des projecteurs.

Un monsieur barbu a déplacé les plantes et les fauteuils. Il a décroché le miroir et enlevé la lampe fragile. Grand-maman n'était vraiment pas contente de voir tout le désordre dans sa maison et elle a demandé aux gens de faire un peu attention…

– On ne fait pas d'omelette sans casser des œufs, ma petite dame ! lui a dit le monsieur barbu en lui adressant un clin d'œil.

Ma grand-mère n'a pas souri.
Une fille avec des cheveux rouges
a commencé à mettre de la poudre
sur le nez de ceux qui allaient passer
à la télé. Ils ont allumé des lampes
qui éclairaient très fort et quelqu'un a
crié : « Dans cinq, quatre, trois, deux,
un. » Ensuite, on a entendu : « Ça roule ! »

Le journaliste de la télé a regardé la caméra. Il a présenté mon père et il lui a demandé de raconter son histoire. Papa a commencé :

– Euh… eh bien… euh…

Ensuite, il a ajouté :

– Voilà ! Nous sommes à Saint-Adélard au bord du lac Pichette, chez mes parents. Mon fils Arthur, qui est ici à ma gauche…

J'ai souri à la caméra.

– … Mon fils, donc, a trouvé un œuf de poule derrière la maison. Arthur, montre l'œuf, s'il te plaît, mon grand.

J'ai montré l'œuf à la caméra.

– Or, vérification faite, il n'y a pas une seule poule dans les environs. Demandez à mon père qui est ici à ma droite…

On a placé le micro devant mon grand-père, qui a confirmé qu'il n'y avait jamais eu la moindre poule au bord du lac Pichette. On a entendu grand-maman grogner : « Mais qu'est-ce qu'il fait avec sa vieille veste toute trouée ? Il ne va pas passer à la télé, comme ça, j'espère ? »

Le journaliste, qui avait vraiment l'air impressionné, a continué :

– Nous serions donc en présence d'un œuf de poule sans poule ?

– Tout à fait ! a répondu papa tout fier. Nous pouvons donc conclure que la poule vient de l'œuf mais que l'œuf vient d'ailleurs…

– C'est incroyable…, a chuchoté le monsieur barbu. Incroyable…

– J'en ai la chair de poule…, a ajouté celle qui avait encore le pinceau et la poudre dans les mains.

Puis on a sonné à la porte et quelqu'un a crié : « COUPEZ ! »

Chapitre 4

Le vrai de vrai spécialiste !

C'était un petit homme qui était sur la galerie. Il portait de grosses lunettes noires et il n'avait pas un seul cheveu sur la tête. J'ai failli dire à ma mère qu'il avait un crâne d'œuf mais ce n'était pas le moment de faire des blagues d'œuf.

– Qui êtes-vous ? a demandé ma grand-mère, les bras croisés et les sourcils fâchés.

– Je m'appelle Alexandre Charles B. Thomas William junior, madame.

Je suis bio-scientifique. J'ai fait des études à…

— Oui, bon, que voulez-vous ? Nous sommes occupés en ce moment.

— Depuis des années, je travaille à éclaircir le mystère de l'œuf et de la poule. J'ai su que vous vous intéressez à la question et…

Mon père s'est approché.

— Entrez ! Je vous ai téléphoné ce matin, pour avoir votre avis. Nous

sommes justement en train de faire un reportage pour le téléjournal de 18 heures…

– Venez vous joindre à nous ! a fait le journaliste.

La fille avec des cheveux rouges a aussitôt étendu de la poudre sur le nez du savant et aussi sur son crâne. Le savant s'est placé à côté de l'incubateur et on a encore entendu : « Cinq, quatre, trois, deux, un et ça roule… »

– L'œuf, formidable mystère…, a commencé le savant. L'œuf ou la poule, qui des deux est arrivé le premier ? Là est la question. Il aura fallu des milliers d'années pour résoudre cette énigme. Mais aujourd'hui…

Il s'est arrêté.

L'œuf venait de craquer.

– On coupe ? a demandé celui qui tenait la caméra.

—Non, on tourne ! a répliqué le journaliste. C'est un moment historique. Il faut saisir toutes les images.

Tout le monde a cessé de respirer en se plaçant autour de l'incubateur. Moi, je ne voyais presque rien. Quand je l'ai dit, ils m'ont fait « chuuuut ! ! ! » et ils m'ont demandé de regarder sur la petite télé ce qu'on était en train de filmer.

Ensuite, l'œuf a encore craqué un peu et il a craqué comme ça pendant des heures.

— Vous savez sans doute ce qui vous attend…, a chuchoté le journaliste à mes parents. Les honneurs, la gloire, les entrevues. On parlera de vous partout dans les…

Un petit bec est apparu.

Et le journaliste a dit : « Gros plan sur le poussin, Bob ! »

Puis on a vu une petite boule de plumes et la boule de plumes est sortie de sa coquille.

– C'est pas vrai ! a aussitôt hurlé le savant. C'est pas vrai ! C'est pas vrai ! C'est pas vrai !

–Chuuuuuut ! on a tous fait.

–Mais ce n'était pas du tout un œuf de poule ! C'est un bébé canard que vous avez là !

–Pas besoin de filmer la bestiole, Bob ! Gros plan sur le savant !

–Comment voulez-vous résoudre le mystère de l'œuf et de la poule avec un stupide bébé canard ? a demandé le savant en se dirigeant vers la porte, les poings serrés.

—Mais… attendez… ! a bafouillé papa. Nous pouvons peut-être…, je ne sais pas, moi, en tirer une autre conclusion ?

—Une autre conclusion ? Laquelle ? Que la poule vient de l'œuf et que l'œuf vient du canard, peut-être ? a lancé le savant qui est parti sans dire bonjour.

Les gens de la télé ont tout ramassé en silence. Ils avaient l'air très déçus. Ils n'ont même pas replacé le miroir sur le mur, ni la lampe fragile sur la table.

Moi, j'ai regardé mon petit canard. Je le trouvais vraiment mignon. Et puis j'ai demandé :

— Au tout début, qui est arrivé en premier ? L'œuf ou le canard ?

Mais personne n'a répondu à ma question.

Dans la même collection

Achevé d'imprimer en janvier 2007
sur les presses de Imprimerie L'Empreinte inc.
à Saint-Laurent (Québec) – 69476